D1225908

Vive le printemps!

Par Monique Z. Stephens

Illustré par Josie Yee and Ken Edwards

Fraisinette MC © 2005 Those Characters From Cleveland, Inc. Utilisé sous licence par Les Publications Modus Vivendi Inc.
Publié par Presses Aventure, une division de LES PUBLICATIONS MODUS VIVENDI INC., 5150 boul. Saint-Laurent, Montréal (Québec), Canada H2T 1R8.
Dépôt légal : 1er trimestre 2006 - Bibliothèque nationale du Québec - Bibliothèque nationale du Canada ISBN 2-89543-359-3
Traduit de l'anglais par : Catherine Girard-Audet

Nous reconnaissons l'aide financière du gouvernement du Canada par l'entremise du Programme d'aide au développement de l'industrie de l'édition (PADIÉ) pour nos activités d'édition.
Gouvernement du Québec – Programme de crédit d'impôt pour l'édition de livres – Gestion SODEC

PRESSES AVENTURE

C'était une journée spéciale dans la vallée de
Fraisinette : le jour des semences ! Fraisinette
attendait ce jour depuis deux semaines.

– Aujourd'hui, je vais planter des graines de fraises, expliqua Fraisinette à sa petite sœur Chausson. Et tous nos amis viennent ici nous aider !

Fraisinette rassembla tout ce dont ils auraient besoin pour semer le carré de fraises : des pelles, des outils de jardinage, un arrosoir et, bien sûr, des tonnes et des tonnes de graines de fruits.

On frappa à la porte. Fraisinette sourit lorsqu'elle aperçut ses amis Madeleine, Petit Beignet, Mandarine, Mam'zelle Galette et Caramelo qui l'attendaient dehors.

- Salut Fraisinette, dit Petit Beignet. Es-tu prête à jardiner ?

Fraisinette frissonna lorsqu'une bourrasque de vent glacé souffla dans l'embrasure de la porte. Même les glaçons suspendus au toit semblaient frissonner !

– Brrr ! s'exclama-t-elle. Il fait encore *fraisement* froid, mais nous pouvons nous avancer dans notre jardinage si nous travaillons ensemble !

- Travaillons deux par deux, suggéra Fraisinette. Petit Beignet et Flanfollet peuvent creuser des rangs dans le carré de fruits. Caramelo et Mandarine peuvent semer des graines dans les rangs. Madeleine et Mam'zelle Galette peuvent arroser les graines. Chausson et moi allons ensuite les recouvrir de terre.

Grignotine jappa. Fraisinette se mit à rire.

- Ne t'en fais pas, Grignotine, je ne t'ai pas oublié. Tu peux… superviser !

Elle se retourna vers ses amis.

- D'accord les amis, dit Fraisinette, mettons-nous au travail !

- Laisse-moi essayer, dit Mam'zelle Galette avec gentillesse en ramassant une pelle. Mais Mam'zelle Galette ne put retourner la terre elle non plus.

- C'est étrange, dit Fraisinette. Je sème toujours à cette époque de l'année !

- Le printemps doit être en retard cette année, dit Mam'zelle Galette.
Fraisinette fronça les sourcils.
- Je crois que tu as raison. Mais si le printemps est en retard, nos semences seront en retard et nous aurons moins de fruits durant l'été ! Nous devons trouver le printemps. Qui veut m'accompagner ?

- Je viendrai avec toi ! dit rapidement Madeleine.
- Moi aussi, offrit Mam'zelle Galette.
- Et Madeleine, Petit Beignet et moi pouvons rester ici avec Chausson, Flanfollet et Grignotine, offrit Caramelo.

- Ainsi, si le printemps arrive durant votre absence, nous pourrons aussitôt nous mettre au travail pour ne pas perdre de temps ! ajouta Madeleine.

Fraisinette sourit avec reconnaissance.

– Merci les amis. Avec un peu de chance, nous serons bientôt de retour… et nous ramènerons des températures plus chaudes avec nous ! Fraisinette, Mandarine et Mam'zelle Galette leur dirent au revoir de la main et se mirent en route à la recherche du printemps.

Les amies cherchèrent des traces du printemps dans toute la vallée de Fraisinette.
Soudain, quelque chose attira l'attention
de Fraisinette.

- Regardez ! Une jonquille ! s'exclama-t-elle. Voilà un indice !

- Qu'est-ce que tu veux dire ? demanda Mandarine.

- Les jonquilles fleurissent seulement au printemps, alors le printemps ne doit pas être très loin, expliqua Fraisinette. Regardez ! En voici une autre ! Je parie que le printemps est presque arrivé !

- Quel soulagement, dit Mam'zelle Galette. Si le printemps n'arrive pas bientôt, Galletteville va se retrouver à court d'ingrédients avant l'été !

- Pourquoi Galletteville se retrouverait-elle à court d'ingrédients ? demanda Fraisinette, confuse.

   – Le printemps entraîne des températures chaudes qui font pousser de nouvelles graines. Les poules ont besoin de ces graines pour se nourrir, et ainsi pondre des œufs, dit Mam'zelle Galette. Et le soleil chaud du printemps fait pousser l'herbe. Les vaches mangent de l'herbe pour fournir du lait et du beurre.

   Et à chaque printemps, les fermiers plantent du blé et de la canne à sucre, ce qui nous donne de la farine et du sucre, continua Mam'zelle Galette. J'ai besoin d'œufs, de lait, de beurre, de farine et de sucre, bref, de toutes ces choses pour faire mes biscuits !

- Le printemps est aussi important dans Le Verger Enchanté, dit Mandarine. Sans le printemps, les abeilles et les papillons ne peuvent aider les plantes et les fleurs à pousser. Cela veut dire que rien ne fleurira dans Le Verger Enchanté, et donc qu'il n'y aura pas de fruits !

- C'est donc une bonne nouvelle que le printemps soit proche, dit Fraisinette en pointant un cocon du doigt.

- En effet, dit Mandarine. Mais où est-il ?

Les filles continuèrent leurs recherches dans le bois des Myrtilles, jusqu'à la rivière au Chocolat gelé. Alors qu'elles marchaient prudemment le long de la berge glacée, elles firent la rencontre d'un vieil homme d'allure frêle.

- Bonjour monsieur, dit Fraisinette. Je m'appelle Fraisinette et voici mes amies, Mandarine et Mam'zelle Galette. Avez-vous besoin d'aide ? Le vieil homme sourit avec lassitude.

- Je suis le vieil homme Hiver. Je vous remercie, mais je vais bien. Je suis simplement fatigué.

Fraisinette, Mandarine et Mam'zelle Galette acquiescèrent avec compassion.

– Nous comprenons, dit Fraisinette. Nous sommes un peu fatiguées nous aussi. Nous avons cherché le printemps partout. Il devrait déjà être arrivé !

– Oui, dit le vieil homme Hiver. *Elle* est très en retard.

– *Elle* ? dit Mandarine. Printemps est une fille ?

Le vieil homme Hiver acquiesça.
– Oui, et elle n'est pas beaucoup plus âgée que vous. Elle emmène avec elle de chaudes brises, un soleil éclatant et de douces averses dans toutes les terres.

Mais je ne crois pas qu'elle veuille faire son boulot cette année. J'ai terminé mon travail, mais je ne peux pas partir avant que Printemps n'arrive, dit le vieil homme Hiver en soupirant.

- Ce n'est pas juste, dit Fraisinette.
- Non, ce ne l'est pas, répondit tristement le vieil homme Hiver.
- Savez-vous où nous pouvons la trouver ? demanda Mam'zelle Galette.
- Rendez-vous dans la vallée des Saisons, dit le vieil homme Hiver. Je crois qu'elle se trouve là-bas.

Fraisinette, Mandarine et Mam'zelle Galette le remercièrent et reprirent la route.

Fraisinette et ses amies marchèrent longtemps avant d'arriver finalement à la vallée des Saisons. Elles y rencontrèrent une petite fille qui jouait dans la neige.

– Venez jouer ! leur dit-elle. Venez faire des anges de neige avec moi !

La jeune fille semblait avoir tellement de plaisir que Fraisinette, Mandarine et Mam'zelle Galette ne purent résister à se joindre à elle ! Les quatre filles riaient en sautant et en jouant dans la neige.

Fraisinette se releva enfin.

– J'aimerais bien continuer de jouer, mais nous avons une tâche importante à accomplir, expliqua-t-elle à la jeune fille.

– Mais nous avons tellement de plaisir, se plaignit la jeune fille.

– Nous devons trouver Printemps, dit Fraisinette. Si Printemps n'arrive pas, je ne pourrai pas faire pousser mes magnifiques fruits.

– Et je ne pourrai pas cuisiner mes délicieux biscuits, ajouta Mam'zelle Galette.

— Et je n'aurai aucun fruit pour faire les jus les plus juteux du monde ! renchérit Mandarine.

— Sans oublier le vieil homme Hiver, rappela Fraisinette à ses amies. Il ne peut même pas rentrer chez lui !

La jeune fille fixa le sol.

- Je ne savais pas que Printemps était aussi importante, dit-elle d'une voix douce.

- Importante ? s'exclama Fraisinette. Tout le monde compte sur elle !

La jeune fille enleva lentement son foulard et ses mitaines.

- Je peux peut-être vous aider, dit-elle. Voyez-vous… Je suis Printemps.

Les filles la regardèrent fixement, ahuries.

- *Tu* es Printemps ? dirent-elles en chœur.

Printemps acquiesça.

- Oui, et nous devrions nous mettre en route. J'ai un travail à faire !

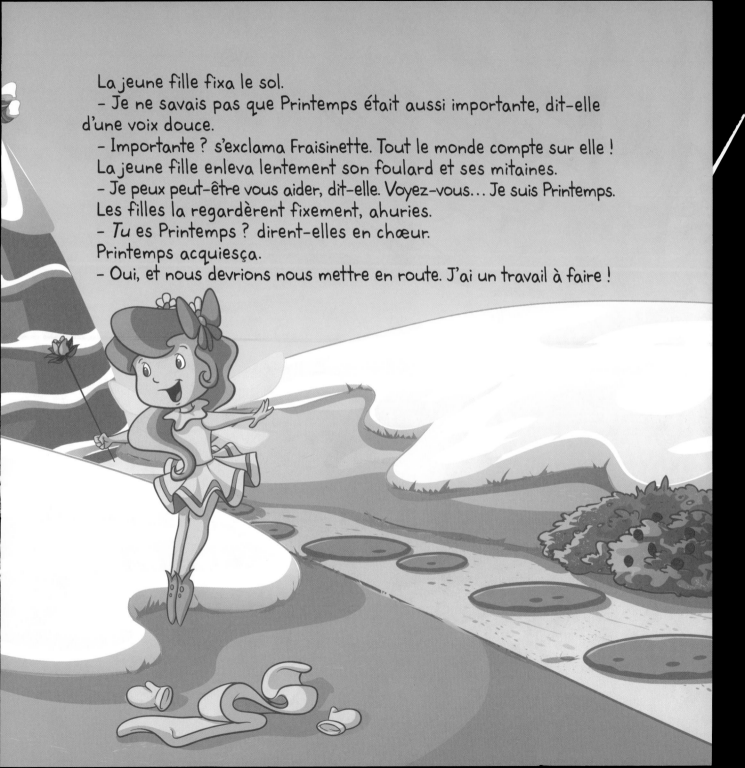

Fraisinette, Mandarine et Mam'zelle Galette coururent derrière Printemps alors qu'elle dansait d'un endroit à l'autre, sa baguette spéciale faisant naître le printemps dans toutes les différentes vallées. Comme par magie, le soleil se mit à briller de façon éclatante, le vent souffla plus doucement et le sol dégela. Des feuilles se mirent à pousser sur les arbres dénudés, les fleurs commencèrent à éclore et les papillons sortirent de leurs cocons. Le printemps était arrivé !

Lorsqu'elles arrivèrent à la maison de Fraisinette dans la vallée de Fraisinette, Caramelo, Petit Beignet et Madeleine avaient déjà commencé à semer les graines.

– Merci à tous d'avoir travaillé aussi fort, dit Fraisinette. Elle se retourna alors vers sa nouvelle amie. Printemps, tu es géniale ! dit-elle. Nous sommes si heureux que tu sois de retour !

– Merci, dit Printemps, et merci de m'avoir rappelé l'importance de faire ma part lorsqu'il y a une tâche à accomplir !

- En parlant de tâche à accomplir, il y a beaucoup à faire. On ferait mieux de se mettre au travail ! dit Fraisinette.

- Nous pouvons même faire une fête des semences, dit Mandarine. J'ai apporté du jus !

- Et moi, des biscuits ! dit Mam'zelle Galette.

- Bonne idée, dit Fraisinette. Après tout, on peut s'amuser en travaillant…

- … si chacun y met du sien ! conclut Printemps en ramassant une pelle.

Fraisinette se mit à rire joyeusement.

- Et bientôt, nous aurons la meilleure récolte de fraises qui soit !